Corinne ou l'Italie

Livre I

Madame de Staël

Copyright pour le texte et la couverture © 2023 Culturea
Edition : Culturea (culurea.fr), 34 Hérault
Contact : infos@culturea.fr
Impression : BOD, Norderstedt (Allemagne)
ISBN :9791041830749
Date de publication : juillet 2023
Mise en page et maquettage : https://reedsy.com/
Cet ouvrage a été composé avec la police Bauer Bodoni

Livre I

Chapitre premier

Oswald lord Nelvil, pair d' Écosse, partit d' Édimbourg pour se rendre en Italie pendant l' hiver de 1794 à 1795. Il avait une figure noble et belle, beaucoup d' esprit, un grand nom, une fortune indépendante ; mais sa santé était altérée par un profond sentiment de peine, et les médecins, craignant que sa poitrine ne fût attaquée, lui avaient ordonné l' air du midi. Il suivit leurs conseils, bien qu' il mît peu d' intérêt à la conservation de ses jours. Il espérait du moins trouver quelque distraction dans la diversité des objets qu' il allait voir. La plus intime de toutes les douleurs, la perte d' un père, était la cause de sa maladie ; des circonstances cruelles, des remords inspirés par des scrupules délicats aigrissaient encore ses regrets, et l' imagination y mêlait ses fantômes. Quand on souffre, on se persuade aisément que l' on est coupable, et les violents chagrins portent le trouble jusques dans la conscience. À vingt-cinq ans il était découragé de la vie ; son esprit jugeait tout d' avance, et sa sensibilité blessée ne goûtait plus les illusions du coeur. Personne ne se montrait plus que lui complaisant et dévoué pour ses amis quand il pouvait leur rendre service, mais rien ne lui causait un sentiment de plaisir, pas même le bien qu' il faisait ; il sacrifiait sans cesse et facilement ses goûts à ceux d' autrui ; mais on ne pouvait expliquer par la générosité seule cette abnégation absolue de tout égoïsme ; et l' on devait souvent l' attribuer au genre de tristesse qui ne lui permettait plus de s' intéresser à son propre sort. Les indifférents jouissaient de ce caractère, et le trouvaient plein de grâces et de charmes ; mais quand on l' aimait, on sentait qu' il s' occupait du bonheur des autres comme un homme qui n' en espérait pas pour lui-même ; et l' on était presque affligé de ce bonheur qu' il donnait sans qu' on pût le lui rendre. Il avait cependant un caractère mobile, sensible et passionné ; il réunissait tout ce qui peut entraîner les autres et soi-même : mais le malheur et le repentir l' avaient rendu timide envers la destinée : il croyait la désarmer en n' exigeant rien d' elle. Il espérait trouver dans le strict attachement à tous ses devoirs, et dans le renoncement aux jouissances vives, une garantie contre les peines qui déchirent l' âme ; ce qu' il avait éprouvé lui faisait peur, et rien ne lui paraissait valoir dans ce monde la chance de ces peines : mais quand on est capable de les ressentir, quel est le genre de vie qui peut en mettre à l' abri ? Lord Nelvil se flattait de quitter l' Écosse sans regret, puisqu' il y restait sans plaisir ; mais ce n' est pas ainsi qu' est faite la funeste imagination des âmes sensibles : il ne se doutait pas des liens qui l' attachaient aux lieux qui lui faisaient le plus de mal, à l' habitation de son père. Il y avait dans cette habitation des chambres, des places dont il ne pouvait approcher sans frémir : et cependant quand il se résolut à s' en éloigner, il se sentit plus seul encore. Quelque chose d' aride s' empara de son coeur ; il n' était plus le maître de verser des larmes quand il souffrait ; il ne pouvait plus faire renaître ces petites circonstances locales qui l' attendrissaient profondément ; ses souvenirs n' avaient plus rien de vivant, ils n' étaient plus en relation avec les objets qui l' environnaient ; il ne pensait pas moins à celui qu' il regrettait, mais il parvenait plus difficilement à se retracer sa présence. Quelquefois aussi il se reprochait d' abandonner les lieux où son père avait vécu. Qui sait, se disait-il, si les ombres des morts peuvent suivre partout les objets de leur affection ? Peut-être ne leur est-il permis d' errer qu' autour des lieux où leurs cendres reposent ! Peut-être que dans ce moment mon père aussi me regrette ; mais la force lui manque pour me rappeler de si loin ! Hélas ! Quand il vivait, un concours d' événemens inouis n' a-t-il pas dû lui persuader que j' avais trahi sa tendresse, que j' étais rebelle à ma patrie, à la volonté paternelle, à tout ce qu' il y a de sacré sur la terre. Ces souvenirs causaient à lord Nelvil une douleur si insupportable, que non seulement il n' aurait pu les confier à personne, mais il craignait lui-même de les approfondir. Il est si facile de se faire, avec ses propres réflexions, un mal irréparable ! Il en coûte davantage pour quitter sa patrie quand il faut traverser la mer pour s' en éloigner ; tout est solennel dans un voyage dont l' océan marque les premiers pas : il semble qu' un abîme s' entr' ouvre derrière vous, et que le retour pourrait devenir à jamais impossible. D' ailleurs le spectacle de la mer fait toujours une impression profonde ; elle est l' image de cet infini qui attire sans cesse la pensée, et dans lequel sans cesse elle va se perdre. Oswald, appuyé sur le gouvernail et les regards fixés sur les vagues, était calme en apparence, car sa fierté et sa timidité réunies ne lui permettaient presque jamais de montrer même à ses amis ce qu' il éprouvait ; mais des sentiments pénibles l' agitaient intérieurement. Il se rappelait le temps où le spectacle de la mer animait sa jeunesse par le désir de fendre les flots à la nage, de mesurer sa force contre elle. -- Pourquoi, se disait-il avec un regret amer, pourquoi me livrer sans relâche à la réflexion ? Il y a tant de plaisirs dans la vie active, dans ces exercices violents qui nous font sentir l' énergie de l' existence ! La mort elle-même alors ne semble qu' un événement peut-être glorieux, subit au moins, et que le déclin n' a point précédé. Mais cette mort qui vient sans que le courage l' ait cherchée ; cette mort des ténèbres qui vous enlève dans la nuit ce que vous avez de plus cher, qui méprise vos regrets, repousse votre bras, et vous oppose sans pitié les éternelles lois du temps et de la nature ; cette mort inspire une sorte de mépris pour la destinée humaine, pour l' impuissance de la douleur, pour tous les vains efforts qui vont se briser contre la nécessité. Tels étaient les sentiments qui tourmentaient Oswald ; et ce qui caractérisait le malheur de sa situation c' était la vivacité de la jeunesse unie aux pensées d' un autre âge. Il s' identifiait avec les idées qui avaient dû occuper son père dans les derniers temps de sa vie, et il portait l' ardeur de vingt-cinq ans dans les réflexions mélancoliques de la vieillesse. Il était lassé de tout, et regrettait cependant le bonheur comme si les illusions lui étaient restées. Ce contraste, entièrement opposé aux volontés de la nature, qui met de l' ensemble et de la gradation dans le cours naturel des choses, jetait du désordre au fond de l' âme d' Oswald ; mais ses manières extérieures avaient toujours beaucoup de douceur et d' harmonie, et sa tristesse, loin de lui donner de l' humeur, lui inspirait encore plus de condescendance et de bonté pour les autres. Deux ou trois fois, dans le passage de Harwich à Embden, la mer menaça d' être orageuse ; lord Nelvil conseillait les matelots, rassurait les passagers, et quand il servait lui-même à la manoeuvre, quand il prenait pour un moment la place du pilote, il y avait, dans tout ce qu' il faisait, une adresse et une force qui ne devaient pas être considérées comme le simple effet de la souplesse et de l' agilité du corps, car l' âme se mêle à tout. Quand il fallut se séparer, tout l' équipage se pressait autour d' Oswald pour prendre congé de lui ; ils le remerciaient tous de mille petits services qu' il leur avait rendus dans la traversée, et dont il ne se souvenait plus. Une fois c' était un enfant dont il s' était occupé longtemps ;

plus souvent un vieillard dont il avait soutenu le pas, quand le vent agitait le vaisseau. Une telle absence de personnalité ne s' était peut-être jamais rencontrée ; sa journée se passait sans qu' il en prît aucun moment pour lui-même : il l' abandonnait aux autres par mélancolie et par bienveillance. En le quittant, les matelots lui dirent tous presqu' en même temps ; mon cher seigneur, puissiez-vous être plus heureux ! Oswald n' avait pas exprimé cependant une seule fois sa peine, et les hommes d' une autre classe qui avaient fait le trajet avec lui ne lui en avaient pas dit un mot. Mais les gens du peuple, à qui leurs supérieurs se confient rarement, s' habituent à découvrir les sentiments autrement que par la parole ; ils vous plaignent quand vous souffrez, quoiqu' ils ignorent la cause de vos chagrins, et leur pitié spontanée est sans mélange de blâme ou de conseil.

Chapitre 2

Voyager est, quoi qu' on en puisse dire, un des plus tristes plaisirs de la vie. Lorsque vous vous trouvez bien dans quelque ville étrangère, c'est que vous commencez à vous y faire une patrie ; mais traverser des pays inconnus, entendre parler un langage que vous comprenez à peine, voir des visages humains sans relation avec votre passé ni avec votre avenir, c'est de la solitude et de l'isolement sans repos et sans dignité ; car cet empressement, cette hâte pour arriver là où personne ne vous attend, cette agitation dont la curiosité est la seule cause, vous inspire peu d'estime pour vous-même, jusqu'au moment où les objets nouveaux deviennent un peu anciens, et créent autour de vous quelques doux liens de sentiment et d' habitude.

Oswald éprouva donc un redoublement de tristesse en traversant l'Allemagne pour se rendre en Italie. Il fallait alors, à cause de la guerre, éviter la France et les environs de la France ; il fallait aussi s' éloigner des armées qui rendaient les routes impraticables. Cette nécessité de s' occuper des détails matériels du voyage, de prendre chaque jour, et presqu'à chaque instant,une résolution nouvelle, était tout à fait insupportable à lord Nelvil. Sa santé, loin de s' améliorer, l' obligeait souvent à s'arrêter lorsqu'il eût voulu se hâter d' arriver, ou du moins de partir. Il crachait le sang, et se soignait le moins qu'il était possible ; car il se croyait coupable, et s'accusait lui-même avec une trop grande sévérité. Il ne voulait vivre encore que pour défendre son pays. -- La patrie, se disait-il, n'a-t-elle pas sur nous quelques droits paternels ! Mais il faut pouvoir la servir utilement, il ne faut pas lui offrir l' existence débile que je traîne, allant demander au soleil quelques principes de vie pour lutter contre mes maux. Il n'y a qu'un père qui vous recevrait dans un tel état, et vous aimerait d' autant plus que vous seriez plus délaissé par la nature ou par le sort. Lord Nelvil s' était flatté que la variété continuelle des objets extérieurs détournerait un peu son imagination de ses idées habituelles ; mais il fut bien loin d' en éprouver d' abord cet heureux effet. Il faut, après un grand malheur, se familiariser de nouveau avec tout ce qui vous entoure, s' accoutumer aux visages que l' on revoit, à la maison où l' on demeure, aux habitudes journalières qu' on doit reprendre ; chacun de ces efforts est une secousse pénible, et rien ne les multiplie comme un voyage. Le seul plaisir de lord Nelvil était de parcourir les montagnes du Tyrol sur un cheval écossais qu' il avait emmené avec lui, et qui, comme les chevaux de ce pays, galopait en gravissant les hauteurs ; il s' écartait de la grande route pour passer par les sentiers les plus escarpés. Les paysans étonnés s' écriaient d' abord avec effroi en le voyant ainsi sur le bord des abîmes, puis ils battaient des mains en admirant son adresse, son agilité, son courage. Oswald aimait assez l' émotion du danger : elle soulève le poids de la douleur, elle réconcilie un moment avec cette vie qu' on a reconquise, et qu' il est si facile de perdre.

Chapitre 3

Dans la ville d' Inspruck, avant d' entrer en Italie, Oswald entendit raconter à un négociant, chez lequel il s' était arrêté quelque temps, l' histoire d' un émigré français, appelé le comte d' Erfeuil, qui l' intéressa beaucoup en sa faveur. Cet homme avait supporté la perte entière d' une très grande fortune avec une sérénité parfaite ; il avait vécu et fait vivre, par son talent pour la musique, un vieil oncle qu' il avait soigné jusqu' à sa mort ; il s' était constamment refusé à recevoir les services d' argent qu' on s' était empressé de lui offrir ; il avait montré la plus brillante valeur, la valeur française pendant la guerre, et la gaieté la plus inaltérable au milieu des revers : il désirait d' aller à Rome, pour y retrouver un de ses parents dont il devait hériter, et souhaitait un compagnon, ou plutôt un ami, pour faire avec lui le voyage plus agréablement. Les souvenirs les plus douloureux de lord Nelvil étaient attachés à la France, néanmoins il était exempt des préjugés qui séparent les deux nations, parce qu' il avait eu pour ami intime un Français, et qu' il avait trouvé dans cet ami la plus admirable réunion de toutes les qualités de l' âme. Il offrit donc au négociant qui lui raconta l' histoire du comte d'

Erfeuil, de conduire en Italie ce noble et malheureux jeune homme. Le négociant vint annoncer à lord Nelvil, au bout d' une heure, que sa proposition était acceptée avec reconnaissance. Oswald était heureux de rendre ce service, mais il lui en coûtait beaucoup de renoncer à la solitude, et sa timidité souffrait de se trouver tout à coup dans une relation habituelle avec un homme qu' il ne connaissait pas.

Le comte d' Erfeuil vint faire visite à lord Nelvil, pour le remercier. Il avait des manières élégantes, une politesse facile et de bon goût, et dès l' abord il se montrait parfaitement à son aise. On s' étonnait, en le voyant, de tout ce qu' il avait souffert, car il supportait son sort avec un courage qui allait jusqu' à l' oubli, et il avait dans sa conversation une légèreté vraiment admirable, quand il parlait de ses propres revers, mais moins admirable, il faut en convenir, quand elle s' étendait à d' autres sujets. -- Je vous ai beaucoup d' obligation, milord, dit le comte d' Erfeuil, de me tirer de cette Allemagne où je m' ennuyais à périr. Vous y êtes cependant, répondit lord Nelvil, généralement aimé et considéré. J' y ai des amis, reprit le comte d' Erfeuil, que je regrette sincèrement ; car dans ce pays-ci l' on ne rencontre que les meilleures gens du monde ; mais je ne sais pas un mot d' allemand, et vous conviendrez que ce serait un peu long et un peu fatigant pour moi de l' apprendre. Depuis que j' ai eu le malheur de perdre mon oncle, je ne sais que faire de mon temps ; quand il fallait m' occuper de lui, cela remplissait ma journée, à présent les vingt-quatre heures me pèsent beaucoup. La délicatesse avec laquelle vous vous êtes conduit pour monsieur votre oncle, dit lord Nelvil, inspire pour vous, M. le comte, la plus profonde estime. Je n' ai fait que mon devoir, reprit le comte d' Erfeuil, le pauvre homme m' avait comblé de biens pendant mon enfance ; je ne l' aurais jamais quitté, eût-il vécu cent ans ! Mais c' est heureux pour lui d' être mort, ce le serait aussi pour moi, ajouta-t-il en riant, car je n' ai pas grand espoir dans ce monde. J' ai fait de mon mieux à la guerre pour être tué ; mais puisque le sort m' a épargné, il faut vivre aussi bien qu' on le peut. Je me féliciterai de mon arrivée ici, répondit lord Nelvil, si vous vous trouvez bien à Rome, et si... oh mon Dieu, interrompit le comte d' Erfeuil, je me trouverai bien partout ; quand on est jeune et gai, tout s' arrange. Ce ne sont pas les livres ni la méditation qui m' ont acquis la philosophie que j' ai, mais l' habitude du monde et des malheurs ; et vous voyez bien, milord, que j' ai raison de compter sur le hasard, puisqu' il m' a procuré l' occasion de voyager avec vous. En achevant ces mots, le comte d' Erfeuil salua lord Nelvil de la meilleure grâce du monde, convint de l' heure du départ pour le jour suivant, et s' en alla.

Le comte d' Erfeuil et lord Nelvil, partirent le lendemain. Oswald, après les premières phrases de politesse, fut plusieurs heures sans dire un mot ; mais voyant que ce silence fatiguait son compagnon, il lui demanda s' il se faisait un plaisir d' aller en Italie. Mon Dieu, répondit le comte d' Erfeuil, je sais ce qu' il faut croire de ce pays-là, je ne m' attends pas du tout à m' y amuser. Un de mes amis, qui y a passé six mois, m' a dit qu' il n' y avait pas de province de France où il n' y eût un meilleur théâtre et une société plus agréable qu' à Rome ; mais, dans cette ancienne capitale du monde, je trouverai sûrement quelques Français avec qui causer, et c' est tout ce que je désire. Vous n' avez pas été tenté d' apprendre l' italien, interrompit Oswald. Non, du tout, reprit le comte d' Erfeuil, cela n' entrait pas dans le plan de mes études. Et il prit en disant cela un air si sérieux, qu' on aurait pu croire que c' était une résolution fondée sur de graves motifs.

Si vous voulez que je vous le dise, continua le comte d' Erfeuil, je n' aime, en fait de nation, que les Anglais et les Français ; il faut être fiers comme eux ou brillants comme nous, tout le reste n' est que de l' imitation. Oswald se tut, le comte d' Erfeuil quelques moments après recommença l' entretien par des traits d' esprit et de gaieté fort aimables. Il jouait avec les mots, avec les phrases, d' une façon très ingénieuse ; mais ni les objets extérieurs ni les sentiments intimes n' étaient l' objet de ses discours. Sa conversation ne venait, pour ainsi dire, ni du dehors ni du dedans, elle passait entre la réflexion et l' imagination, et les seuls rapports de la société en étaient le sujet. Il nommait vingt noms propres à lord Nelvil, soit en France, soit en Angleterre, pour savoir s' il les connaissait, et racontait à cette occasion des anecdotes piquantes avec une tournure pleine de grâce ; mais on eût dit, à l' entendre, que le seul entretien convenable pour un homme de goût, c' était, si l' on peut s' exprimer ainsi, le commérage de la bonne compagnie. Lord Nelvil réfléchit quelque temps au caractère du comte d' Erfeuil, à ce mélange singulier de courage et de frivolité, à ce mépris du malheur, si grand s' il avait coûté plus d' efforts, si héroïque s' il ne venait pas de la même source qui rend incapable des affections profondes. Un Anglais, se disait Oswald, serait accablé de tristesse dans de semblables circonstances. D' où vient la force de ce Français ? D' où vient aussi sa mobilité ? Le comte d' Erfeuil en effet entend-il vraiment l' art de vivre ? Quand je me crois supérieur, ne suis-je que malade ? Son existence légère s' accorde-t-elle mieux que la mienne avec la rapidité de la vie ? Et faut-il esquiver la réflexion comme une ennemie, au lieu d' y livrer toute son âme ? En vain Oswald aurait-il éclairci ces doutes, nul ne peut sortir de la région intellectuelle qui lui a été assignée, et les qualités sont plus indomptables encore que les défauts.

Le comte d' Erfeuil ne faisait aucune attention à l' Italie, et rendait presqu' impossible à lord Nelvil de s' en occuper ; car il le détournait sans cesse de la disposition qui fait admirer un beau pays et sentir son charme pittoresque. Oswald prêtait l' oreille autant qu' il le pouvait au bruit du vent, au murmure des vagues ; car toutes les voix de la nature faisaient plus de bien à son âme que les propos de la société tenus au pied des Alpes, à travers les ruines et sur les bords de la mer.

La tristesse qui consumait Oswald eût mis moins d' obstacles au plaisir qu' il pouvait goûter par l' Italie, que la gaieté même du comte d' Erfeuil ; les regrets d' une âme sensible peuvent s' allier avec la contemplation de la nature et la jouissance des beaux arts ; mais la frivolité, sous quelque forme qu' elle se présente, ôte à l' attention sa force, à la pensée son originalité, au sentiment sa profondeur. Un des effets singuliers de cette frivolité était d' inspirer, beaucoup de timidité à lord Nelvil dans ses relations avec le comte d' Erfeuil : l' embarras est presque toujours pour celui dont le caractère est le plus sérieux. La légèreté spirituelle en impose à l' esprit méditatif, et celui qui se dit heureux semble plus sage que celui qui souffre. Le comte d' Erfeuil était doux, obligeant, facile en tout, sérieux seulement dans l' amour-propre, et digne d' être aimé comme il aimait, c' est-à-dire comme un bon camarade des plaisirs et des périls ; mais il ne s' entendait point au partage des peines. Il s' ennuyait de la mélancolie d' Oswald, et par bon coeur, autant que par goût, il aurait souhaité de la dissiper. Que vous manque-t-il, lui disait-il souvent ? N' êtes-vous pas jeune, riche, et si vous le voulez, bien portant ? Car vous n' êtes malade que parce que vous êtes triste. Moi, j' ai perdu ma fortune, mon existence, je ne sais ce que je deviendrai, et cependant je jouis de la vie comme si je possédais toutes les prospérités de la terre. Vous avez un courage aussi rare qu' honorable, répondit lord Nelvil ; mais les revers que vous avez éprouvés font moins de mal que les chagrins du coeur. Les chagrins du coeur, s' écria le comte d' Erfeuil, oh ! C' est vrai, ce sont les plus cruels de tous... mais... mais... encore faut-il s' en consoler ; car un homme sensé doit chasser de son ame tout ce qui ne peut servir ni aux autres ni à lui-même. Ne sommes-nous pas ici-bas pour être utiles d' abord, et puis heureux ensuite ? Mon cher Nelvil, tenons-nous-en là. Ce que disait le comte d' Erfeuil était raisonnable dans le sens ordinaire de ce mot, car il avait, à beaucoup d' égards, ce qu' on appelle une bonne tête : ce sont les caractères passionnés, bien plus que les caractères légers, qui sont capables de folie ; mais, loin que sa façon de sentir excitât la confiance de lord Nelvil, il aurait voulu pouvoir assurer au comte d' Erfeuil qu' il était le plus heureux des hommes, pour éviter le mal que lui faisaient ses consolations. Cependant le comte d' Erfeuil s' attachait beaucoup à lord Nelvil, sa résignation et sa simplicité, sa modestie et sa fierté lui inspiraient une considération dont il ne pouvait se défendre. Il s' agitait autour du calme extérieur d' Oswald, il cherchait dans sa tête tout ce qu' il avait entendu dire de plus grave dans son enfance à des parents âgés, afin de l' essayer sur lord Nelvil ; et tout étonné de ne pas vaincre son apparente froideur, il se disait en lui-même : mais n' ai-je pas de la bonté, de la franchise, du courage ? Ne suis-je pas aimable en société ? Que peut-il donc me manquer pour faire effet sur cet homme ? Et n' y a-t-il pas entre nous quelque malentendu qui vient peut-être de ce qu' il ne sait pas assez bien le français ?

Chapitre 4

Une circonstance imprévue accrut beaucoup le sentiment de respect que le comte d' Erfeuil éprouvait déjà, presqu' à son insu, pour son compagnon de voyage. La santé de lord Nelvil l' avait contraint de s' arrêter quelques jours à Ancône. Les montagnes et la mer rendent la situation de cette ville très belle, et la foule de Grecs qui travaillent sur le devant des boutiques, assis à la manière orientale, la diversité des costumes des habitants du levant qu' on rencontre dans les rues, lui donnent un aspect original et intéressant. L' art de la civilisation tend sans cesse à rendre tous les hommes semblables en apparence et presque en réalité ; mais l' esprit et l' imagination se plaisent dans les différences qui caractérisent les nations : les hommes ne se ressemblent entre eux que par l' affectation ou le calcul ; mais tout ce qui est naturel est varié. C' est donc un petit plaisir, au moins pour les yeux, que la diversité des costumes ; elle semble promettre une manière nouvelle de sentir et de juger.

Le culte grec, le culte catholique et le culte juif existent simultanément et paisiblement dans la ville d' Ancône. Les cérémonies de ces religions diffèrent extrêmement entre elles ; mais un même sentiment s' élève vers le ciel dans ces rites divers, un même cri de douleur, un même besoin d' appui. L' église catholique est au haut de la montagne, et domine à pic sur la mer ; le bruit des flots se mêle souvent aux chants des prêtres ; l' église est surchargée dans l' intérieur d' une foule d' ornements d' assez mauvais goût ; mais quand on s' arrête sous le portique du temple, on aime à rapprocher le plus pur des sentiments de l' âme, la religion, avec le spectacle de cette superbe mer, sur laquelle l' homme jamais ne peut imprimer sa trace. La terre est travaillée par lui, les montagnes sont coupées par ses routes, les rivières se resserrent en canaux pour porter ses marchandises ; mais si les vaisseaux sillonnent un moment les ondes, la vague vient effacer aussitôt cette légère marque de servitude, et la mer reparaît telle qu' elle fut au premier jour de la création.

Lord Nelvil avait fixé son départ pour Rome au lendemain, lorsqu' il entendit pendant la nuit des cris affreux dans la ville : il se hâta de sortir de son auberge pour en savoir la cause, et vit un incendie qui partait du port et remontait de maison en maison jusqu' au haut de la ville ; les flammes se répétaient au loin dans la mer, le vent, qui augmentait leur vivacité, agitait aussi leur image dans les flots, et les vagues soulevées réfléchissaient de mille manières les traits sanglans d' un feu sombre.

Les habitans d' Ancône n' ayant point chez eux de pompes en bon état se hâtaient de porter avec leurs bras quelques secours. On entendait, à travers les cris, le bruit des chaînes des galériens employés à sauver la ville qui leur servait de prison. Les diverses nations du levant, que le commerce attire à Ancône, exprimaient leur effroi par la stupeur de leurs regards. Les marchands, à l' aspect de leurs magasins en flamme, perdaient entièrement la présence d' esprit. Les alarmes pour la fortune troublent autant le commun des hommes que la crainte de la mort, et n' inspirent pas cet élan de l' âme, cet enthousiasme qui fait trouver des ressources.

Les cris des matelots ont toujours quelque chose de lugubre et de prolongé que la terreur rendait encore bien plus sombre. Les mariniers sur les bords de la mer Adriatique sont revêtus d' une capote rouge et brune très singulière, et du milieu de ce vêtement sortait le visage animé des Italiens qui peignait la crainte sous mille formes. Les habitants couchés par terre dans les rues couvraient leur tête de leur manteau comme s' il ne leur restait plus rien à faire qu' à ne pas voir leur désastre, d' autres se jetaient dans les flammes sans la moindre espérance d' y échapper : on voyait tour à tour une fureur et une résignation aveugle, mais nulle part le sang-froid qui double les moyens et les forces.

Oswald se souvint qu' il y avait deux bâtiments anglais dans le port, et ces bâtiments ont à bord des pompes parfaitement bien faites : il courut chez le capitaine et monta avec lui sur un bateau pour aller chercher ces pompes. Les habitants qui le virent entrer dans la chaloupe lui criaient : Ah ! Vous faites bien, vous autres étrangers, de quitter notre malheureuse ville. -- Nous allons revenir, dit Oswald. Ils ne le crurent pas. Il revint pourtant, établit l' une de ses pompes en face de la première maison qui brûlait sur le port, et l' autre vis-à-vis de celle qui brûlait au milieu de la rue. Le comte d' Erfeuil exposait sa vie avec insouciance, courage et gaieté ; les matelots anglais et les domestiques de lord Nelvil vinrent tous à son aide ; car les habitans d' Ancône restaient immobiles, comprenant à peine ce que ces étrangers voulaient faire, et ne croyant pas du tout à leurs succès.

Les cloches sonnaient de toutes parts, les prêtres faisaient des processions, les femmes pleuraient en se prosternant devant quelques images de saints au coin des rues ; mais personne ne pensait aux secours naturels que Dieu a donnés à l' homme pour se défendre.

Cependant, quand les habitants aperçurent les heureux effets de l' activité d' Oswald ; quand ils virent que les flammes s' éteignaient, et que leurs maisons seraient conservées, ils passèrent de l' étonnement à l' enthousiasme ; ils se pressaient autour de lord Nelvil, et lui baisaient les mains avec un empressement si vif, qu' il était obligé d' avoir recours à la colère pour écarter de lui tout ce qui pouvait retarder la succession rapide des ordres et des mouvements nécessaires pour sauver la ville. Tout le monde s' était rangé sous son commandement, parce que dans les plus petites comme dans les plus grandes circonstances, dès qu' il y a du danger, le courage prend sa place ; dès que les hommes ont peur, ils cessent d' être jaloux.

Oswald, à travers la rumeur générale, distingua cependant des cris plus horribles que tous les autres qui se faisaient entendre à l' autre extrémité de la ville. Il demanda d' où venaient ces cris ; on lui dit qu' ils partaient du quartier des juifs : l' officier de police avait coutume de fermer les barrières de ce quartier le soir, et l' incendie gagnant de ce côté, les juifs ne pouvaient s' échapper. Oswald frémit à cette idée, et demanda qu' à l' instant le quartier fût ouvert ; mais quelques femmes du peuple qui l' entendirent se jetèrent à ses pieds pour le conjurer de n' en rien faire : vous voyez bien, disaient-elles, oh ! notre bon ange ! que c' est sûrement à cause des juifs qui sont ici que nous avons souffert cet incendie ; ce sont eux qui nous portent malheur, et si vous les mettez en liberté, toute l' eau de la mer n' éteindra pas les flammes ; et elles suppliaient Oswald de laisser brûler les juifs, avec autant d' éloquence et de douceur que si elles avaient demandé un acte de clémence. Ce n' étaient point de méchantes femmes, mais des imaginations superstitieuses vivement frappées par un grand malheur. Oswald contenait à peine son indignation en entendant ces étranges prières.

Il envoya quatre matelots anglais avec des haches pour briser les barrières qui retenaient ces malheureux ; et ils se répandirent à l' instant dans la ville, courant à leurs marchandises, au milieu des flammes, avec cette avidité de fortune qui a quelque chose de bien sombre quand elle fait braver la mort. On dirait que l' homme, dans l' état actuel de la société, n' a presque rien à faire du simple don de la vie. Il ne restait plus qu' une maison au haut de la ville, que les flammes entouraient tellement qu' il était impossible de les éteindre, et plus impossible encore d' y pénétrer. Les habitants d' Ancône avaient montré si peu d' intérêt pour cette maison, que les matelots anglais, ne la croyant point habitée, avaient ramené leurs pompes vers le port. Oswald lui-même, étourdi par les cris de ceux qui l' entouraient et l' appelaient à leur secours, n' y avait pas fait attention. L' incendie s' était communiqué plus tard de ce côté, mais y avait fait de grands progrès. Lord Nelvil demanda si vivement quelle était cette maison, qu' un homme enfin lui répondit que c' était l' hôpital des fous. À cette idée, toute son âme fut bouleversée ; il se retourna, et ne vit plus aucun de ses matelots autour de lui : le comte d' Erfeuil n' y était pas non plus ; et c' était en vain qu' il se serait adressé aux habitants d' Ancône : ils étaient presque tous occupés à sauver ou à faire sauver leurs marchandises, et trouvaient absurde de s' exposer pour des hommes dont il n' y en avait pas un qui ne fût fou sans remède : c' est une bénédiction du ciel, disaient-ils, pour eux et pour leurs parents, s' ils meurent ainsi sans que ce soit la faute de personne.

Pendant que l' on tenait de semblables discours autour d' Oswald, il marchait à grands pas vers l' hôpital, et la foule qui le blâmait le suivait avec un sentiment d' enthousiasme involontaire et confus. Oswald arrivé près de la maison vit, à la seule fenêtre qui n' était pas entourée par les flammes, des insensés qui regardaient les progrès de l' incendie, et souriaient de ce rire déchirant qui suppose ou l' ignorance de tous les maux de la vie, ou tant de douleur au fond de l' âme, qu' aucune forme de la mort ne peut plus épouvanter. Un frissonnement inexprimable s' empara d' Oswald à ce spectacle ; il avait senti, dans le moment le plus affreux de son désespoir, que sa raison était prête à se troubler ; et, depuis cette époque, l' aspect de la folie lui inspirait toujours la pitié la plus douloureuse. Il saisit une échelle qui se trouvait près de là, il l' appuie contre le mur, monte au milieu des flammes, et entre par la fenêtre dans une chambre où les malheureux qui restaient à l' hôpital étaient tous réunis. Leur folie était assez douce pour que dans l' intérieur de la maison tous fussent libres, excepté un seul qui était enchaîné dans cette même chambre où les flammes se faisaient jour à travers la porte, mais n' avaient pas encore consumé le plancher. Oswald apparaissant au milieu de ces misérables créatures, toutes dégradées par la maladie et la souffrance, produisit sur elles un si grand effet de surprise et d' enchantement, qu' il s' en fit obéir d' abord sans résistance. Il leur ordonna de descendre devant lui, l' un après l' autre, par l' échelle que les flammes pouvaient dévorer dans un moment. Le premier de ces malheureux obéit sans proférer une parole : l' accent et la physionomie de lord Nelvil l' avaient entièrement subjugué. Un troisième voulut résister, sans se douter du danger que lui faisait courir chaque moment de retard, et sans penser au péril auquel il exposait Oswald, en le retenant plus longtemps. Le peuple, qui sentait toute l' horreur de cette situation, criait à lord Nelvil de revenir, de laisser ces insensés s' en tirer comme ils le pourraient ; mais le libérateur n' écoutait rien avant d' avoir achevé sa généreuse entreprise.

Sur les six malheureux qui étaient dans l' hôpital, cinq étaient déjà sauvés ; il ne restait plus que le sixième qui était enchaîné. Oswald détache ses fers et veut lui faire prendre, pour échapper, les mêmes moyens qu' à ses compagnons ; mais c' était un pauvre jeune homme privé tout à fait de la raison, et se trouvant en liberté après deux ans de chaîne, il s' élançait dans la chambre avec une joie désordonnée. Cette joie devint de la fureur, lorsqu' Oswald voulut le faire sortir par la fenêtre. Lord Nelvil voyant alors que les flammes gagnaient toujours plus la maison, et qu' il était impossible de décider cet insensé à se sauver lui-même, le saisit dans ses bras, malgré les efforts du malheureux qui luttait contre son bienfaiteur. Il l' emporta sans savoir où il mettait les pieds, tant la fumée obscurcissait sa vue ; il sauta les derniers échelons au hasard, et remit l' infortuné, qui l' injuriait encore, à quelques personnes, en leur faisant promettre d' avoir soin de lui.

Oswald, animé par le danger qu' il venait de courir, les cheveux épars, le regard fier et doux frappa d' admiration et presque de fanatisme la foule qui le considérait ; les femmes surtout s' exprimaient avec cette imagination qui est un don presque universel en Italie, et prête souvent de la noblesse aux discours des gens du peuple. Elles se jetaient à genoux devant lui, et s' écriaient : vous êtes sûrement saint Michel, le patron de notre ville ; déployez vos ailes, mais ne nous quittez pas : allez là-haut sur le clocher de la cathédrale, pour que de là toute la ville vous voie et vous prie. Mon enfant est malade, disait l' une, guérissez-le. Dites-moi, disait l' autre, où est mon mari, qui est absent depuis plusieurs années ? Oswald cherchait une manière de s' échapper. Le comte d' Erfeuil arriva, et lui dit en lui serrant la main : -- Cher Nelvil, il faut pourtant partager quelque chose avec ses amis ; c' est mal fait de prendre ainsi pour soi seul tous les périls. -- Tirez-moi d' ici, lui dit Oswald à voix basse. Un moment d' obscurité favorisa leur fuite, et tous les deux en hâte allèrent prendre des chevaux à la poste.

Lord Nelvil éprouva d' abord quelque douceur par le sentiment de la bonne action qu' il venait de faire ; mais avec qui pouvait-il en jouir, maintenant que son meilleur ami n' existait plus ? Malheur aux orphelins ! Les événemens fortunés aussi bien que les peines leur font sentir la solitude du coeur. Comment, en effet, remplacer jamais cette affection née avec nous, cette intelligence, cette sympathie du sang, cette amitié préparée par le ciel entre un enfant et son père ? On peut encore aimer ; mais confier toute son âme est un bonheur qu' on ne retrouvera plus.

Chapitre 5

Oswald parcourut la marche d' Ancône et l' état ecclésiastique jusqu' à Rome, sans rien observer, sans s' intéresser à rien ; la disposition mélancolique de son âme en était la cause, et puis une certaine indolence naturelle à laquelle il n' était arraché que par les passions fortes. Son goût pour les arts ne s' était point encore développé ; il n' avait vécu qu' en France, où la société est tout, et à Londres, où les intérêts politiques absorbent presque tous les autres : son imagination, concentrée dans ses peines, ne se complaisait point encore aux merveilles de la nature et aux chefs-d' oeuvre des arts. Le comte d' Erfeuil parcourait chaque ville, le guide des voyageurs à la main ; il avait à la fois le double plaisir de perdre son temps à tout voir, et d' assurer qu' il n' avait rien vu qui pût être admiré, quand on connaissait la France. L' ennui du comte d' Erfeuil décourageait Oswald ; il avait d' ailleurs des préventions contre les Italiens et contre l' Italie ; il ne pénétrait pas encore le mystère de cette nation ni de ce pays, mystère qu' il faut comprendre par l' imagination plutôt que par cet esprit de jugement qui est particulièrement développé dans l' éducation anglaise. Les Italiens sont bien plus remarquables par ce qu' ils ont été, et par ce qu' ils pourraient être, que par ce qu' ils sont maintenant. Les déserts qui environnent la ville de Rome, cette terre fatiguée de gloire qui semble dédaigner de produire, n' est qu' une contrée inculte et négligée, pour qui la considère seulement sous les rapports de l' utilité. Oswald, accoutumé dès son enfance à l' amour de l' ordre et de la prospérité publique, reçut d' abord des impressions défavorables en traversant les plaines abandonnées qui annoncent l' approche de la ville autrefois reine du monde : il blâma l' indolence des habitants et de leurs chefs. Lord Nelvil jugeait l' Italie en administrateur éclairé, le comte d' Erfeuil en homme du monde ; ainsi, l' un par raison, et l' autre par légèreté, n' éprouvaient point l' effet que la campagne de Rome produit sur l' imagination, quand on s' est pénétré des souvenirs et des regrets, des beautés naturelles et des malheurs illustres, qui répandent sur ce pays un charme indéfinissable.

Le comte d' Erfeuil faisait de comiques lamentations sur les environs de Rome. Quoi, disait-il, point de maison de campagne, point de voiture, rien qui annonce le voisinage d' une grande ville ! Ah, bon Dieu, quelle tristesse ! En approchant de Rome, les postillons s' écrièrent avec transport : voyez, voyez, c' est la coupole de saint-Pierre ! ! les Napolitains montrent ainsi le Vésuve ; et la mer fait de même l' orgueil des habitants des côtes. On croirait voir le dôme des Invalides, s' écria le comte d' Erfeuil. Cette comparaison, plus patriotique que juste, détruisit l' effet qu' Oswald aurait pu recevoir à l' aspect de cette magnifique merveille de la création des hommes. Ils entrèrent dans Rome, non par un beau jour, non par une belle nuit, mais par un soir obscur, par un temps gris, qui ternit et confond tous les objets. Ils traversèrent le Tibre sans le remarquer ; ils arrivèrent à Rome par la porte du peuple, qui conduit d' abord au corso, à la plus grande rue de la ville moderne, mais à la partie de Rome qui a le moins d' originalité, puisqu' elle ressemble davantage aux autres villes de l' Europe.

La foule se promenait dans les rues ; des marionnettes et des charlatans formaient des groupes sur la place où s' élève la colonne Antonine. Toute l' attention d' Oswald fut captivée par les objets les plus près de lui. Le nom de Rome ne retentissait point encore dans son âme ; il ne sentait que le profond isolement qui serre le coeur quand vous entrez dans une ville étrangère, quand vous voyez cette multitude de personnes à qui votre existence est inconnue, et qui n' ont aucun intérêt en commun avec vous. Ces réflexions, si tristes pour tous les hommes, le sont encore plus pour les Anglais qui sont accoutumés à vivre entre eux, et se mêlent difficilement avec les moeurs des autres peuples. Dans le vaste caravansérail de Rome, tout est étranger, même les Romains qui semblent habiter là, non comme des possesseurs, mais comme des pélerins qui se reposent auprès des ruines. Oswald, oppressé par des sentimens pénibles, alla s' enfermer chez lui, et ne sortit point pour voir la ville. Il était bien loin de penser que ce pays, dans lequel il entrait avec un tel sentiment d' abattement et de tristesse, serait bientôt pour lui la source de tant d' idées et de jouissances nouvelles.